Vultureffect

JORGE ENRIQUE LAGE
Vultureffect

PERDIDOS

No tenemos nada, pero tenemos un balón de fútbol. En lugar de quedarnos tranquilos viendo un partido de fútbol o viendo la serie *Lost*, nos vamos a correr y a darle patadas al balón. Sentados a la sombra, unos niños nos preguntan si pueden jugar con nosotros. Yo les digo que no estamos jugando. Rara vez el balón adquiere la velocidad o la dirección que deseamos imprimirle. Pero seguimos pateando. Corriendo y pateando. No es tan sencillo. Que el balón vaya hacia ti no quiere decir que podrás controlarlo. Que tú tengas el balón en los pies no quiere decir que podrás correr con él. Tampoco tenemos puerta alguna adonde dirigir el balón para anotar eso que llaman goles. Definitivamente no es un juego. Los niños sentados a la sombra se burlan de nosotros. Nos destrozamos los zapatos y los tobillos, empezamos a deshidratarnos, a considerar el cansancio, la desesperación. Incluso la mente tiene sus límites.

ANTOLOGÍA

De pronto empezamos a escribirnos. Ella me cuenta que en Madrid (en un lugar impreciso de Madrid) se ha acordado mucho de mí. No nos hemos visto ni hemos hablado en años. Yo puedo haberme convertido en un animal del desierto y ella no se hubiera enterado. Ahora tenemos el Atlántico por el medio y ella me escribe y yo le respondo. Pero en realidad lo que hago, no sé por qué, es tomar sus palabras y devolvérselas envenenadas. De pronto ella deja de escribirme. Yo no he podido dejar de hacerlo.

GÁRGOLAS

¿Te gustan mis tetas?, preguntó, y yo no dije nada y ella dijo: Son tuyas, pellízcame, aráñame, muérdeme, no sé, lo que se te ocurra, estoy habituada al dolor.

¶

Yo me negué, por supuesto, y de pronto ella dio un salto en la cama y dijo: Esto es el colmo, acabas de echarlo todo a perder, me has decepcionado.

¶

Entonces yo iba a decirle que estoy habituado a decepcionar, pero llegaron esos dos buitres y se posaron en la ventana como dos gárgolas y todo se volvió mucho más oscuro.

¶

Ella les dijo: Acérquense, y los buitres se posaron frente a ella y los dos pezones quedaban justo a la altura de los dos picos y ella preguntó: ¿Les gustan mis tetas?

¶

Por supuesto que los buitres no respondieron sino que me miraron como pidiendo mi opinión o como esperando mi orden y ella dijo: Son suyas.

¶

Entonces yo hice un gesto de asentimiento con la cabeza y me fui porque claro, seguramente preferían estar a solas.

PETER HANDKE

He decidido que, así como yo carezco de historias, tampoco los demás deben tener historias: de esa manera puedo soportarlos, puedo incluso empezar a percibirlos y sentir placer escribiendo sobre ellos. Sólo carentes de historias empiezan a tener vigencia, y el paisaje se extiende a mi alrededor, finalmente liberado de toda anécdota envilecedora.

APRENDIZ

Me preguntan si es verdad que las mutantes de Buenos Aires son las más hermosas del mundo. Yo les respondo que sí, sin duda alguna, y ellos dicen: «Nosotros ya lo sabíamos, pero queríamos oírtelo decir a ti, que eres biólogo». Parecen satisfechos con mi respuesta. Y por supuesto que yo no soy biólogo, pero al menos he quedado mejor que la vez anterior, cuando me preguntaron si las mutantes de Buenos Aires eran las más hermosas del mundo y yo les respondí que no, claro que no, de qué mutantes hablan, y ellos movieron pesadamente la cabeza y uno le dijo al otro: «La verdad es que este muchacho no pone nada de su parte».

Arqueros

Un cadáver atravesado por flechas apareció flotando en el río, entre pedazos de mierda. «Han empezado a disparar», me dijo un hombre que se detuvo a mi lado en el puente. «¿Quiénes?», le pregunté. Al mirarlo me di cuenta de que también él estaba atravesado por flechas, una de ellas le cruzaba el cuello y probablemente era la razón por la que su voz sonaba tan angustiosa. «Los prisioneros de la Edad Media», me dijo. Yo mantuve un cuidadoso silencio. Después le pregunté si eran un grupo de rock o qué. El hombre no dijo nada. Unos enmascarados en kayaks remaban hacia el cadáver agitando los pedazos de mierda en la superficie del agua.

GROENLANDÉS

Larga fila de personas esperando su turno para que el músico les firme una copia de su último álbum, *I need more guitars*, grabación que nos trae a la mente la palabra rock, quizás porque el rock nos ha hecho el favor de desaparecer y sentimos que con los restos, con los pedazos, se puede seguir haciendo música.

§

Llega mi turno, el artista me reconoce de golpe y antes de que yo pueda preguntarle para qué necesita más guitarras, me dice con altos miligramos de abulia en los ojos: «Necesito más horas de noche». Yo no sé qué pensar, así que me encojo de hombros y le digo: «Entonces vete a Groenlandia». Él sonríe, me da la mano y me da las gracias y antes de irse me pide que me quede firmando los discos por él. Todo ha sucedido muy rápido, de pronto el tipo ya no está y yo empiezo a garabatear los discos que me ponen delante.

§

Escribo otras letras entre las letras de las canciones.
Recombino, enlazo, mezclo, invento pequeñas historias y sonrío abúlicamente para mis fans.

A ninguno le digo que el rockero nos ha hecho el favor de desaparecer y que con sus restos, con sus pedazos, yo estoy haciendo escritura.

ESCRITURAS

En algún lugar de la periferia hay un grafitti que reza: «Se acercan los buitres, siéntelos graznar allá afuera». Quien lo escribió no sabía lo que estaba escribiendo. Los buitres no graznan. Justamente es un buitre el que ha dejado en la periferia, debajo de aquél, un grafitti que reza: «Piénsalo. Aquí estoy, con el sol de la tarde cayendo sobre mí y una ciudad muerta y putrefacta como un rinoceronte bajo mis pies. Te digo que hay momentos inolvidables».

STANISLAW LEM

Carecen de patria. Cada uno de ellos cuenta la historia de su tribu de manera diferente. Sea cual sea la historia, estos vagabundos no son bien recibidos en ninguna parte. Si durante sus continuos viajes por el espacio se detienen un momento en un planeta, después siempre se hecha de menos algo: o desaparece una porción de aire, o un río se seca de repente, o falta una isla en el inventario.

ONDAS

La Tierra estaba muerta y ellos decidieron formar una banda: guitarras eléctricas, bajo y batería, teclado y sintetizador de ondas corrosivas. Se hicieron llamar Acid Rain. Se hicieron famosos. Viajes por todo el mundo con su música, hasta que un día les dijeron: «Eso es música para retrasados mentales».

¶

Entonces decidieron disolver el grupo y formar un grupo nuevo: ellos mismos. La Tierra seguía muerta. Se hicieron llamar Acid Rain. Viajaron mucho más que antes y su fama se multiplicó tanto como su música. Pero les dijeron: «Eso es música para espantapájaros posmodernos».

¶

Entonces decidieron disolver el grupo y formar un grupo nuevo: ellos mismos. De nuevo la fama, de nuevo Acid Rain en todas las camisetas y todas las bocas. Casi viajaban con la esperanza de encontrar a alguien que no conociera su música. Y encontraron a alguien que les dijo: «Eso es música para sordos de otro planeta».

¶

Entonces decidieron, por fin, hacer sonar sus instrumentos, sobre todo el sintetizador de ondas corrosivas. De todas formas, la Tierra ya estaba muerta.

El whisky del país que inventó el whisky

Estamos, ella y yo, en otro país. Ella está completamente borracha. No hace otra cosa que pintarse los labios. Tiene todo tipo de creyones. Negro, morado, rosa, azul, rojos. Raras tonalidades, brillos intensos. Se pasa todo el tiempo pintándose los labios delante de mí, llevándose a los labios pintados vasos de cristal que inmediatamente se rompen. Como si hubieran sido impactados por un proyectil.

Topologías

Uno de los problemas famosos de la llamada *geometría del espacio elástico* es determinar el mínimo de colores distintos necesarios para colorear un mapa de manera que no haya dos regiones limítrofes con el mismo color.

¶

Cuentan que después de perder las dos manos en un accidente, el ruso Solomon Lefschetz comenzó a estudiar las transformaciones en las que determinados puntos permanecen fijos.

¶

La teoría de los nudos es una rama que todavía tiene muchos problemas por resolver. Un nudo se puede considerar como una curva cerrada sencilla hecha de textos de goma, que se puede retorcer, alargar o deformar de cualquier forma en un espacio multidimensional, aunque no se puede romper. Todavía no se ha podido encontrar un conjunto de características completo y suficiente para distinguir los distintos tipos de nudos.

Puntos jpg

1. Ante un fondo de lunares y otras salpicaduras, Christina Ricci de pie sobre una cama y con pequeñas medias en los pies, todavía en bata de dormir, abrazada a la sierra eléctrica como quien abraza a un osito de peluche, mirando la sierra eléctrica casi con ternura, como si necesitara besarla. (Yo necesito que lo haga.)

2. Pensar inmediatamente en energía, el movimiento de la materia, por ejemplo: este vagón de carga donde Liv Tyler es un cuerpo que se va: a la Patagonia, Alaska, alguna remota Siberia sin puntos cardinales. Desnuda bajo el abrigo de piel, el pelo suelto, los ojos y los labios con el mejor maquillaje nómada, LT sigue siendo una groupie de bandas que no han llegado todavía.

3. Los surfistas pasan y le arrojan monedas, billetes, algunas tablas de surf han desarrollado ojos y se quedan mirándola. Ella es un cuerpo ahogado (pero en el mar no), un cuerpo que todavía sonríe a medio topless sobre la arena, una tabla de surf que ha desarrollado senos y otras cosas. Paris Hilton no vale esas monedas, es cierto, pero la imagen sugiere una mitología del oleaje.

4. Sarah Michelle Gellar, la cazavampiros, tendida en un sofá, entre las velas. Las uñas pintadas de negro, su habitual minifalda negra deja ver un triángulo de blúmer negro, allí donde confluyen los muslos cubiertos por delicadas medias de malla. La cazavampiros te mira pero tú sabes que está mirando a otra parte: otra SMG tendida en el sofá, entre las velas, en ese otro espacio donde está también el terror.

5. Ella, Natural Born Juliette Lewis, desaparece en las carreteras americanas. En una inmensa llanura o vertedero industrial se sube al techo de una carrocería, abre los brazos en cruz y mira a un cielo de nubes de cemento. Desde entonces, una generación que no ha terminado de soñar con ella la busca, la pierde y la vuelve a buscar cada vez que se interna en carreteras secundarias.

6. Una moto en blanco y negro. Una moto grande. Prodigiosa. Encima una chica motorista. Pantalones de cuero. Botas de tacón alto. El pelo recogido en una coleta infantil. El rostro regala una expresión de fiera (vemos los dientes) mientras las manos aprietan los senos bajo la blusa (podemos sentirlos). Pienso que más allá de todo el nombre de la motorista es una exquisitez: Eliza Dushku. Pienso que me hace falta una moto como esa.

7. Gillian Anderson en la sala de operaciones de un platillo volador. Los aliens la abdujeron y ahora están haciendo experimentos con ella: los llamados experimentos GA. Le pintan las uñas. Le pcinan el pelo rojo electrizado. Le han puesto un vestido corto y unos guantes largos. No le han puesto todavía los tacones cuando ella abre los ojos y los aliens miran arriba: en la superficie metálica del techo acaba de deslizarse un lector no identificado.

8. Pensar inmediatamente en energía, la energía química, por ejemplo, ATP: American Teen Pool, nombre científico: *Mena Suvari*. En el agua iluminada de la piscina flotan corchos de champán. En el borde de la piscina ella sostiene una botella de champán descorchado. Viste short corto, cinturón, top de amarillo fuerte, pero ni pechos ni caderas ostensibles, bien pudiera tratarse de un jovencísimo travesti. (En este punto, nadie ha dicho que MS no lo sea.)

9.

THE SELFISH GENE

Bandadas de buitres bandidos. Atracan bancos y supermercados, pinchan las gomas de los carros y destrozan los parabrisas, violan a las mujeres y las mujeres violadas dan a luz a criaturas híbridas. En raras ocasiones: un niño o una niña con alas de buitre. Casi siempre: un buitre capaz de pensar como niño o niña y que, al hacerse mayor, correrá a unirse a una bandada de buitres bandidos.

En la pesadilla

Me levanto temprano. No puedo librarme del sueño. Enciendo las luces. Doy vueltas por la casa. Del cuarto al baño y del baño a la cocina. Desayuno. De la cocina al patio y del patio a la sala. Enciendo el televisor. Leo un poco. Vuelvo a caminar por la casa. Pero no logro despertarme. Decido salir a la calle. Me encuentro con un amigo y le confío que no logro despertar. Le pido consejo. Él me aconseja que haga un poco de ejercicio a fin de desperezarme. Que en seguida tome una taza de café bien fuerte y que escuche música bien alta. Hago todo esto pero no logro despertar. Salgo de nuevo. Esta vez acudo al médico. Como suele suceder, el médico habla mucho pero yo no me despierto. A las seis de la tarde cargo un revólver y me levanto la tapa de los sesos. Doy un brinco en la cama y abro los ojos, pero aún no logro despertarme. El sueño es una cosa muy persistente.

Saturday night live

En vivo. Siempre ha sido en vivo. Virgilio Piñera mira a la cámara, sonríe y dice: «Este es mi último programa. Ayer me operaron por duodécima vez, a la vista de ustedes. Un caso de hipertrofia de la ironía. Pero no crean que aquí acabarán sus sufrimientos. Es muy posible que las operaciones continúen».

Tag Heuer

En una piscina publicitaria. Leo: *Son las horas de entrenamiento solitario en piscinas anónimas lo que acaba con la mayoría de los nadadores.* Me pregunto: Cuando el agua de la piscina ha sido previamente congelada, hasta qué punto es efectivo romper el hielo con la cabeza.

¶

Sale la nadadora: el cuerpo mojado, la trusa del color del agua, movimientos líquidos. La nadadora tiembla. Tiene frío. Me pregunto qué tipo de pensamientos nadan ahora en su cabeza, y cómo lo hacen, y contra qué golpean.

Hewlett Packard

Entro a comprar una impresora. Hay un vendedor y hay un póster que reza: *Find your soul. Print it anywhere.*

§

El vendedor pregunta en qué puede ayudarme. Otro póster aclara: *You don't have soul. But you have beautiful prints.*

§

El vendedor pregunta en qué puede ayudarme. La situación amenaza con imprimirse nuevamente.

Los mitos del horror

Un chisme biográfico. El día que cumplió 21 años, H. P. Love-craft, el outsider de Providence, se subió al primer tranvía de la mañana y estuvo repitiendo el recorrido, de una punta a la otra de la ciudad, hasta que se acabó el servicio.

LOLITA

Le compré un reloj luminoso, una sortija, unos aretes, una caja de bombones, unas hebillas para el pelo, otro póster, otra raqueta de tenis, un nuevo par de patines, un iPod, un celular, un chupachup, un mapa, una trusa de dos piezas, una bata de dormir, un par de botas de tacón, un látigo, maquillaje, pintura de uñas, minifaldas de cuero, vestidos de verano. En el hotel pedimos cuartos separados, pero en mitad de la noche vino a mí lloriqueando y lo hicimos como en los viejos tiempos. ¿Comprenden? Ella sigue sin tener adonde ir.

Kurt Cobain

Ella le enseña una bata de dormir, negra y con encajes, y le pide que se la ponga. Él se la pone. Luego ella le pinta los ojos con un delineador y le peina los mechones rubios y sanguinolentos. «Como en la película de Gus Van Sant», dice. Empieza a caer una música suave. Ella le propone bailar. Él no dice nada. Ella se le acerca. «Sólo relájate», dice, y extiende los brazos hacia él. Muy lentamente. «Ahora te voy a tocar, ¿de acuerdo?» Él se estremece con el contacto. «Si quieres, cierra los ojos». Él los cierra. Ella palpa sesos derramados. Él va dejando que ella le pase los brazos alrededor del cuello, se abandona poco a poco a la proximidad del otro cuerpo. La escena puede parecer estúpida y contagiosa. Cuando ella se ha pegado por completo a él, abrazándole, las manos de él inician un movimiento indeciso hacia la cintura de ella. Entonces ella le dice que no tiene que hacerlo. «De verdad», repite llorando, «no tienes que hacerlo». Pero él ya lo hizo, ¿recuerdan?

SERIAL

Me lo dijo un rockero asesino: Ya todas las groupies son de mentira, y las que no, suponen una amenaza desnuda, y las que no, ya no se lo tragan.

¶

Me lo dijo un asesino en serie: antes de terminar una frase ya estoy aburrido de ella, del espíritu que la amenaza, las mentiras que supone y las conclusiones que conllevará.

Subgéneros

En una ciudad de psicópatas caribeños parecida a Santo Domingo. Frente al edificio Nestlé, un blogger me cuenta de un lector suyo que pasaba las madrugadas de insomnio en la calle matando mujeres. No está claro si usaba una motosierra, un hacha de picar hielo o una pala afilada por los bordes. El caso es que el reguero de sangre y vísceras por toda la ciudad decía cosas. Que el splatterpunk caribeño había llegado. Que el lector buscaba algo dentro de sus víctimas. El blogger dice que una vez lo sorprendió transportando figuritas de chocolate de un edificio a otro. (Me enseña las imágenes de su cámara digital.)

Sobredosis

Él acaba de conocerla en una ciudad extraña. Beben, bailan, besos, y después él la invita a su hotel. Cuando le quita la ropa se da cuenta de que no es una mujer sino un hombre. Sorpresa. Va a pedirle al hombre que se marche ahora mismo pero de pronto ya no es un hombre sino un buitre sentado frente al televisor. Espanto. Para tranquilizarse, recurre a un frasco que dice barbitúricos pero que en realidad contiene vitaminas o algo así. Mientras se diluye en una habitación que ahora semeja la celda de una cárcel del Estado, escucha que el buitre le dice, como leyendo algo escrito en la pantalla: «Nunca se te prometió nada, no firmaste ningún contrato».

MTV

En una habitación de hotel. Enciendo el televisor, tomo el control remoto y me introduzco el cañón en la boca. Cierro los ojos. Disparo. Siento el retumbar allá dentro. Abro los ojos y veo mis sesos en las paredes. Cierro otra vez los ojos y vuelvo a dispararme otra vez y otra vez, se trata de salpicarlo todo: la alfombra, los muebles, las cortinas. A veces me tiembla la mano y a veces se traba el gatillo del control remoto y allá dentro resuena un martillazo seco y luego los ojos abiertos, el sudor, la sangre, la mirada fija en la pantalla del televisor. (Nadie ha dicho que sea fácil.)

ZAPPING

El buitre picotea el cable. Me dice que ha hecho un descubrimiento que define una actitud ante el cable.

—¿De qué se trata? —pregunto.

—En todos los canales hay televisión —dice, y continúa picoteando.

Shopping

Si ahora mismo, buscando pistas, me abrieran la cabeza (existe una palabra: *trepanación*), adentro encontrarían una pista de aterrizaje o despegue en cuyos bordes se acumulan objetos dispuestos en fila como latas de comida en los estantes de un supermercado.

Dripping

He visto a Jackson Pollock. Intentaba escapar de un blanco de salpicaduras. Quizás tenga relación con el blanco de mi mente que intenta *gotear*, ahora, escapando de alguna otra cosa.

FUTURAMA

He visto a Matt Groening. Acababa de salir de una criogenización de mil años. Me dijo en español que sentía revoltura (yo entendí *revulture*) en el estómago. Tratándose de Matt, eso quería decir una revoltura en el infierno.

Charlie Kaufman

Me hago amigo de un guionista. Hablamos por teléfono durante horas, él en Los Ángeles y yo en La Habana. Quiero pensar que prefiere hablar conmigo porque yo le doy ideas en lugar de preguntarle por sus ideas. A cambio, él me envía colecciones de revistas. Arte, espectáculos, moda, glamour. Páginas a picotear.

§

El guionista me dice: «A veces basta con mirar una cubierta para encontrarlo. Hay algo ahí que se dirige a ti, que sólo tú puedes leer. Es como una sacudida. No sé si me entiendes. No estoy seguro de poder explicarlo bien. Mira, mejor lo dejamos para otro día que ya son las seis de la mañana y acabo de terminarme la botella de agua mineral».

RAY LORIGA

Laura vuelve a llamar desde Manhattan. Me dice que la han fotografiado para una revista que tiene mi nombre en cubierta. La coincidencia acaso entusiasme a otros escritores, pero yo sé que Nueva York es un género y ella, llamando de cualquier parte, una versión extendida de la peor neurosis. (Durante la conversación me bebo una botella completa de agua mineral, golpeo las teclas para refrescar la pantalla.)

OASIS

Íbamos al desierto a ver películas con los ojos de otros. Llegábamos en motocicletas viejas, arrastrando remolinos de arena, y bajo aquella pantalla inmensa como un espejismo nos poníamos los ojos. Había que manipularlos con mucho cuidado, mantenerlos limpios y húmedos, guardarlos en bolsitas de nylon para que no se estropearan. Pero nosotros éramos especialistas. Podíamos estrenar incluso los ojos recién extraídos. Una multitud de ciegos nos perseguía, pero ninguno era capaz de seguirnos al desierto.

Km/h

Recuerdo que iba muy rápido. Me detuve ante un grupo de hombres armados y pregunté dónde estaba.

—Bienvenido a la frontera —me dijeron.

Pregunté de qué frontera se trataba. No lo sabían.

—¿Y qué hacen ustedes en la frontera?

—Tiramos a matar —respondieron.

De pronto me apareció un fusil en las manos. Un fusil largo, con mirilla telescópica. Cuando levanté la vista los hombres habían desaparecido.

Sismos

Recuerdo que hubo un terremoto al norte. Yo estaba en algún lado de la frontera. En un Burger fronterizo conocí al tijuanólogo. Una grieta se abrió en la calle frente a nosotros. Nos fuimos dentro de esa grieta que era un abismo. Nadie nos devolvió la mirada. Hicimos autostop. Camiones repletos de hombres-bala en dirección contraria. Carros de carrocería tiroteada. Escuchamos hablar a la gente del narco. El tijuanólogo hablaba de narcoficciones. Sostenía la tesis de que no estábamos huyendo del terremoto sino desplazándonos en él. Llegó a decir que nosotros dos éramos el terremoto. Abríamos grietas en las placas de la península para entrar y salir. ¿Hacia dónde?, le pregunté por preguntar. La península se iba volviendo árida. Calurosos los moteles del sur. Los hombres-bala que no querían saber nada de nosotros continuaban cayendo en picado sobre las carreteras. La gente seguía hablando de California, interminablemente.

Territorios

Aura, también gallinazo: *Cathartes aura*. Cabeza desnuda. Plumaje casi negro. Ocupa el mismo nicho ecológico que los buitres de Europa. Vive en praderas, semidesiertos y terrenos pantanosos. Construye el nido en las grietas de paredes rocosas o en los árboles. La hembra pone huevos de color marfil. Tienen el pico en forma de gancho. Se alimentan de carroña, basuras, frutas, reptiles pequeños y televisión. Buscan su alimento con el olfato, y no con la vista, como hacen los buitres del resto del mundo, puesto que sus epitelios y sus bulbos olfativos están muy especializados.

Enterrada

Una jaula vacía en el zoológico. Los visitantes buscan algo vivo además de los insectos y las rocas, no lo encuentran y siguen de largo. De pronto la tierra se mueve: de abajo sale una mano, una cabeza, hilos de sangre. Los visitantes que pasan ahora se detienen a observar, atónitos, cómo un hombre flaco que parece un escritor o un cadáver mordido por gusanos se pone de pie, se sacude la tierra de la cara y se sube la cremallera de la falda de mezclilla.

Jean Baudrillard

Ella me dice que le hubiera gustado ser una hembra hipotético-deductiva, de esas que se inflaman al contacto con lo real y cuyas cenizas dibujan en el cielo extraños arabescos, en particular durante el crepúsculo.

Stríptico I

Yo conocí a BS en un sótano de La Habana. Ella bailaba muy alto, alrededor de un tubo, y se quitaba la ropa. Me dijo: «Nunca voy a bajar de aquí porque allá abajo hay muchos accidentes». Yo estuve de acuerdo. Nos pusimos a conversar mientras ella daba vueltas allá arriba y se frotaba contra el tubo. Un bikini brillante le cubría el pubis, los pezones eran dos botoncitos de felpa rosa. Me dijo: «¿Sabes lo que yo quería hacer antes de subir aquí?». Había algo invencible en sus movimientos, en su lenguaje, en esa apasionada manera de decir tonterías. «Quería cantar, y actuar, quería ser rica y famosa y deseada hasta por los muertos, y un buen día suicidarme en una bañadera llena de agua». Yo estuve de acuerdo. Con dolor en el cuello y en alguna zona de mi cerebro, miraba su cuerpo (eternamente al borde) deslizarse por el tubo (eternamente húmedo) y pensaba que si por un instante yo pudiera ser ese tubo la literatura cubana tendría que escribirse de otra manera. «Hey, dirty boy», me dijo, «¿hacia dónde se derrama el cerebro en un derrame cerebral?». Le respondí que hacia abajo. Ella dijo que no: que hacia arriba. Le respondí que hacia afuera. Ella dijo que no: que hacia adentro. Nuestro diálogo, en un sótano, era un callejón sin salida.

Stríptico II

Muchos años después, soñé con ella. En el sueño había una tribuna y se hablaba de héroes y de cierta calurosa manera BS tenía que ver con todo aquello. Había un fondo de música patriótica y BS se quitaba la ropa hasta quedar desnuda. El público era una multitud acalorada. De pronto, BS se hundía la mano en el pecho, abriéndose una rajadura entre los senos, y de pronto la piel de BS abierta hasta la cintura, como si hubiera bajado un zíper, como si fuera un traje completo ajustado a la otra piel, desde el cuello hasta los tobillos, y ella volvía a quedar desnuda luego de sacar los brazos y las piernas y arrojar la piel al público, el público se disputaba el traje de la piel de BS mientras ella se abría otro hueco entre los senos para quitarse otro traje y arrojarlo al público y así sucesivamente. A mí (por algún caluroso motivo yo observaba desde una esquina de la tribuna) me pareció que aquello podría no terminar nunca, que BS seguiría desnudándose y regalando al infinito los trajes de su piel desnuda. Vi a hombres y mujeres salir de la multitud con la piel a cuestas, vi a hombres y mujeres entrar a la multitud para disputarse un traje. Había algo heroico en eso. Me pregunté qué harían ellos con

¶

«¿Qué crees tú que hagan, dirty boy?», me sonrió BS después, los dos solos en un backstage. Ella, desnuda o vestida con su piel desnuda, se echaba aire con un abanico de muchos vuelos y me miraba fijamente. Decía: «Qué calor hace en este país». Decía: «Si me das un autógrafo te doy un beso». Me pareció un mal negocio, pero al final acepté. Al final del sueño, creo, todavía se escuchaba un fondo de música patriótica.

Stríptico III

Un día el avión de BS se estrelló en Kentwood, Lousiana, y ella por supuesto murió. *¿Te acuerdas cuando te hablé de los accidentes?*, me escribió en la invitación a su entierro: una ceremonia para los más íntimos allí mismo en Kentwood, Louisiana.

¶

En cuanto llegué me puse al lado de David LaChapelle y BS vino corriendo a ponerse al lado mío. Alguien pronunciaba al micrófono un discurso equivocado (como éste) sobre la difunta. Algunos se secaban las lágrimas y otros se soplaban la nariz y otros hablaban por el celular. «I made her», me dijo David al oído, y escupió. Yo le comenté que me gustaban mucho sus fotografías, y él volvió a escupir. «Are you photographer?», me preguntó. «No, I'm a writer», respondí. A mi lado, BS comenzó a tener un orgasmo, pero nadie se dio cuenta. Descendieron el ataúd y empezaron a tapar el foso. BS gemía cada vez más alto, pero nadie la escuchaba. En la penúltima paletada de tierra, se apoyó en mi hombro y pude sentir sobre mí todo el estremecimiento de su cuerpo muerto. Después nos quedamos solos en el cementerio y ella me dijo: «Cuando escribas: *Yo conocí a BS*, ¿qué escribirás después?»

¶

Y mientras yo enumeraba todo lo que no iba a escribir ella se iba quitando la ropa. La piel. Los injertos. La fisiología. «Ahora vete, dirty boy». Y yo me fui.

Poética

Esta es una princesa que canta como las princesas de Disney. Vive en un búnker donde se filma un reality show, y los animalitos del bosque vienen a escucharla cada vez que ella canta, como suelen hacer los animalitos del bosque Disney. También hay un buitre malvado que asesina a los animalitos y se los come, porque en el búnker hace rato se agotaron los víveres y el reality show must go on. La princesa hace como que no se da cuenta y todos los días sale al jardín a cantar: ella también come de los animalitos que asesina el buitre malvado, ella sabe que el encanto de su voz es la única sustancia de reserva. El problema surge cuando se agota el bosque Disney y aparece el desierto con otro tipo de animación alrededor del búnker. (No se descarta que la princesa se convierta en buitre malvado.) (No se descarta que el buitre viole y se coma a la princesa.)

Neal Stephenson

Los invasores microscópicos son la amenaza más importante. La muerte roja, también conocida como Especial Siete Minutos, es una cápsula aerodinámica que se abre al chocar y que libera miles de corpúsculos conocidos coloquialmente como *ralladores* en la corriente sanguínea de la víctima. La sangre demora siete minutos en recorrer un cuerpo normal: después de ese intervalo los ralladores estarían distribuidos al azar en todos los órganos de la víctima.

¶

Tales inventos han provocado la preocupación de que la especie A pueda introducir subrepticiamente unos pocos millones de dispositivos letales en los cuerpos de la especie B, dando el más dulce giro tecnológico al viejo y común sueño de ser capaz de convertir todo un país en puré.

Enzimática

Vendía coagulantes, pero a mí no me interesaba comprarle nada. Fui a su casa por razones asquerosamente hormonales. Cuando me vio llegar abrió una caja y puso en mis manos un enrollado baboso, tirando a lo cruciforme, que se movía o parecía moverse como una agitación de lombrices. Pensé cuatro cosas:

¶

1) esto es un cromosoma,
2) el cromosoma es de ella,
3) el cromosoma *es ella*,
4) no lo es pero está descodificado de la misma manera.

¶

«¿Qué hace esto?», le pregunté. Ella aleteó sus pestañas como si no entendiera, se encogió de hombros y dijo: «Coagula». A continuación nos pusimos de acuerdo en el precio.

CÁLCULOS

Tesis de Church-Turing: «La noción de ser efectivamente calculable puede ser identificada con la clase de cálculo que puede efectuar una máquina de Turing».

¶

La tesis de Church-Turing no es un teorema. Es una hipótesis razonable que no puede ser demostrada. Si se tratara de refutarla, debería encontrarse algo que supiéramos calcular y que a su vez ese cálculo no lo pudiera efectuar una máquina de Turing. Pero como la noción que desarrolló Turing para sus máquinas está basada en un minucioso análisis de cómo los seres humanos realizan sus cálculos, parece improbable que pueda hacerse tal refutación.

Philip K. Dick

Le dijeron: Francamente, eres el que escribe los libros más raros de La Tierra, libros de un género que nunca antes se había escrito. No puedes culpar al gobierno por tener curiosidad de saber qué clase de persona escribiría libros así, ¿entiendes?

Sinopsis

Poco antes de irme a Nueva York, el buitre me dijo: «Cuando estés caminando por Manhattan, piensa que estás caminando por una isla».

¶

Me fui a Nueva York y recorrí Manhattan buscando (otra vez) a Laura. La gente se pierde en las islas. Recuerdo haber entrado a una librería y haber salido con las manos hechas dos guantes de polvo.

ESTÁTICAS

En una librería. Le pregunto al administrador por los ejemplares de mi libro. El administrador me mira desde sus espejuelos fondo de botella, luego continúa cazando mariposas. Se encarama en una silla, levanta el jamo, salta, cae, golpea las paredes con el jamo, tropieza con los estantes, derriba un montón de libros. «Aquí no ha llegado nada nuevo», me dice de mala gana. Obviamente, estoy entorpeciendo su trabajo. «Todo está paralizado, ¿no lo ves? Estos bichos no se mueven». Yo miro las mariposas. Efectivamente, parecen clavadas en el aire. Ya estoy llegando a la puerta, a punto de salir cuando me encuentro un jamo, otro, pero no me interesa permanecer allí ni mucho menos meter en ese jamo ningún bicho. (El administrador ha capturado dos.)

CHARLES DARWIN

El lector seguramente piensa, por otra parte con mucha razón, que este libro carece de importancia; pero para quien nunca ha visto más paisajes que los de Inglaterra, el aspecto completamente nuevo de un territorio estéril posee una especie de grandeza que una vegetación más abundante destruiría por entero.

Especies

Me lo dijo un personaje de una novela de terror: Cuando te encuentres una nota al pie, mátala antes de que tenga tiempo a reproducirse.

JUNTACADÁVERES

Me lo dijo un personaje de Onetti: Lo peor que se puede decir de estos textos es que son buenos. Es preferible leerlos horrorosos, como bichos deformes, como animalitos a los que le sobraran o faltaran patas, ojos, cuernos... Es decir: están mal por estar bien. En este año y en esta ciudad es preferible el grito, una mueca incomprensible, alguna forma de la locura.

SCARLETT JOHANSSON

Caminamos por la ciudad. Llueve. Ella lleva un paraguas. Ella viene de un mundo fantasmal (con TB, dirigida por Terry Zwigoff) y se ha encontrado conmigo en otro mundo. El paraguas no la cubre. Ahora mismo nada pudiera cubrirla. La lluvia empapa su cuerpo de signos, caracteres japoneses. Ella dice que está esperando a alguien o algo que, en cualquier caso, no soy yo. Yo le digo que colecciono estos trazos, estos textos. (Los caracteres ponen: *Todos queremos un encuentro.*) Seguimos caminando sin saber adónde.

ORIENTACIÓN

Los turistas despliegan ante mí un mapa de la ciudad: *Please, where we are now?* Yo miro alrededor. Estamos cerca de un hospital. Y de una prisión. Y de la Facultad de Artes y Letras. También se hallan próximos varios espacios arbóreos que no llegan a ser bosques, por donde se mueven masturbadores, adictos, locos, gente sin mapa, gente que se perdió hace mucho tiempo. (Esto sucedió hace mucho tiempo pero los turistas siguen mirándome, y yo todavía permanezco callado.)

COMBUSTIÓN

En un taxi. Intento entablar conversación con el taxista. Hay una tradición de laconismo y de ironía en los diálogos con taxistas. Los taxistas son propensos a decir líneas memorables. Pero este taxista lo único que dice es: «¿No sientes olor a quemado?», y acto seguido desaparece envuelto en una llamarada que lo carboniza y el taxi se sale de la calle y colisiona contra un poste eléctrico: humo, chispas, etcétera.

¶

Mientras marco un número de auxilio en el celular, voy repasando un número de versiones igualmente desesperadas: Fui yo quien le prendió fuego al taxista. Nunca hubo taxista conduciendo: sin darme cuenta me monté en un taxi fantasma. Aquello en realidad no era un taxi sino una especie de proyectil. Yo ya estaba muerto. Etcétera.

Inmersión

Se parece a Natalie Portman, pero una Natalie Portman ahogada. Una belleza que te daría el beso de las galaxias: Star Kiss. A mí me cuesta avanzar hacia ella porque mi cuerpo sólo produce movimientos torpes. Ella avanza hacia mí como si flotara y yo me siento flotar, una tibia ingravidez, lentitud impregnada en los poros del espacio. También me cuesta ver: NP está muy cerca, cada vez más cerca, pero no consigo verla con nitidez. Extiendo los brazos en el aire denso y azul, y toco: la forma de unos senos bajo la tela de un vestido, una cintura muy suave que atraigo hacia mí, muy suavemente: NP me abraza y yo la abrazo a ella y nuestros rostros quedan muy cerca y distingo los labios, la sonrisa en los labios: Star Kiss. Pero antes quiero decir algo y abro la boca y de mi boca salen burbujitas. Con horror, me doy cuenta de que he estado escribiendo toda una escena insoportable y ridícula bajo el agua. Pataleo, empiezo a subir, necesito aire, necesito llegar a la superficie. Pero alguna profundidad puede ser mortal. Y puede que no haya ninguna superficie.

VULTUREFFECT

De pronto veo variaciones, perversiones, declinaciones de un efecto habitual. Movimientos. La policía está en la calle. En la calle se respira el malestar por la policía. El buitre me dice: «Aquí va a pasar algo».

Utópica

Estos son los niños que juegan sobre las líneas del ferrocarril. Les dicen los niños suicidas. Cada cierto tiempo pasa un tren rápido y silencioso. Aún se mantiene la prohibición de pitar, porque este tren es de los que emiten un sonido obsceno y cacofónico, nada que ver con la sensibilidad de los momentos actuales. De modo que el tren sorprende a unos cuantos niños y los despedaza. Entonces los niños que sobreviven se ponen a fabricar juguetes. Muñecas de piel cosidas con nervios. Soldaditos de plastilina de sesos. (Dicen que una pelota de sangre seca rebota de lo más bien.)

Infantil

El niño lleva muchas horas atrapado en la telaraña. Las manos en la cabeza, cubriéndose el rostro, el cuerpo se retuerce bajo los hilos que aprietan pegajosos de lágrimas.

¶

De pronto aparece la araña gigante.

¶

Una araña gorda, tatuada con colores de fiebre, ocho patas peludas caminando lentamente hacia el rincón donde se encuentra el niño.

¶

Cada paso hace temblar la red, a cada paso las mandíbulas se cierran y se abren.

¶

Cuando la sombra llega a su rincón, sin descubrirse la cara el niño dice: «Cuéntamelo otra vez».

WONDERLAND

La niña va de la mano de su abuela. Cuando pasan por mi lado, la abuela le dice: «Tienes que tener mucho cuidado con las bombas». La niña me mira, yo la miro a ella. «Las bombas matan, hacen mucho daño», le explican, pero ella ya está sumergida del todo en nuestro choque de miradas. «¿Me estás escuchando?» Yo, sin decir una palabra, le digo: «No la escuches, mírame bien a mí». Entonces hago desaparecer mis párpados para ella: «¿Ves? Tengo cráteres de bomba en los ojos». Asustada, la niña vuelve el rostro, se esconde tras la abuela y echa a llorar. «¿Qué pasó?», le preguntan, «¿Qué tienes?», pero ella no puede explicar lo que ha visto y yo sé que ahora, en este momento, una mujer despierta en una cama con aquel susto infantil en todo el cuerpo, temblorosa y húmeda, incapaz todavía de explicar el surgimiento de la onda expansiva.

WENDY DARLING

Estábamos medio muertos de madrugada y de tedio. Alguien atrapó un hada que le cabía dentro del puño y durante horas estuvo intentando poner en práctica algún tipo de intercambio sexual con ella. Nada salía bien. No creíamos en los cuentos de nadie. Entonces apareció un hada mucho más grande. El pelo corto, estilo paje o paja, y vestida de Peter Pan. Pero aquello no era una fiesta de disfraces. Apenas era una fiesta. Le preguntamos quién era y ella dijo: «Peter Pan». A continuación nos lanzamos todos por la ventana.

SALMAN RUSHDIE

Un fotógrafo me habla de su trabajo con las modelos: «Algunas quieren mostrar lo duras que son. El contraste entre dureza y alta costura funciona hasta que se convierte en cliché. Entonces no queda más remedio que amontonar belleza sobre belleza hasta hacerla abrumadora, indecente, casi un rapto».

¶

Un fotógrafo viene y me dice: «Yo ahogo a las modelos hasta que se asustan y reviven».

¶

Un fotógrafo habla de crear una zona de guerra, una interacción brutal entre vestidos caros y mujeres hermosas. Ellas saltan, giran, se agachan, se arquean, lanzan gritos ahogados, experimentan sacudidas. («He visto a las ametralladoras hacer eso con un cuerpo».)

Pornotaciones

1. Esta es una porn-star de Iowa que ha dicho: «Creo que podría cometer el asesinato perfecto».

2. Esta es una porn-star de Arizona que ha dicho: «Lo único que uso para limpiar es un delantal corto con mis calzones de Superman».

3. Esta es una porn-star de Illinois que ha dicho: «Escribo libros para niños sobre unos frijoles microscópicos muy lindos que viven en la nariz».

4. Esta es una porn-star de Michigan que ha dicho: «Me gusta estar desnuda, sólo usando zapatos de tacón muy alto, y subir y bajar las escaleras».

5. Esta es una porn-star de Ohio que ha dicho: «Si las plantas pudieran hablar serían muy peligrosas».

6. Esta es una porn-star de California que ha dicho:

Aerolíneas

Desde hace tiempo salto de un avión a otro sin tocar tierra. La sensación es como un continuo haber-despegado-de.

¶

He pasado por todo tipo de asientos, pasillos y posiciones. El salto ocurre cuando te reclinas hacia atrás y cierras los ojos: de una línea aérea saltas

¶

a otra, de pronto estás volando en otro avión y sentada a tu lado hay una persona diferente. Una vez esa persona resultó ser el piloto. Me dijo: «Yo no tengo nada que ver con esto».

¶

Vuelvo a mi asiento y no sé por qué saco el salvavidas, lo inflo y me lo pongo. También me llevo a la boca la mascarilla de oxígeno y empiezo a respirar con fuerza. Varios pasajeros me miran, aterrados.

¶

Con el tiempo, uno aprende de las aeromozas. Algunas te traen lo que tú quieras. Algunas te dan más de lo que pides. Algunas no te negarían su precioso uniforme. Algunas son capaces de hacer cualquier cosa por ti. (Cuando en zona de turbulencias las aeromozas se caen en los pasillos, entonces cualquier cosa se puede caer.)

Rayos

De vacaciones en Miami me encuentro con este escritor maldito y famoso que tiene mucho dinero pero que no es Bret Easton Ellis. «Déjame regalarte algo», me dijo. «Te compro lo que tú quieras». Yo le dije que me regalara unas gafas oscuras. Él entendió perfectamente de qué yo le estaba hablando.

Vampiros

Le confieso al buitre la atracción que siento por la Avenida 26. Sobre todo de madrugada cuando la luna invade el cementerio chino y cuando todos los semáforos son como pupilas en verde. Meditabundo, el buitre dice: «Hay cosas que si una avenida no las cuenta, entonces nadie las va a contar».

PUNK

El buitre me pregunta por qué la atracción hacia las chicas con guitarra, cuando lo más probable es que sean rubias tontas de principio a fin.

—Es que la guitarra es eléctrica —le respondo—. Por una cuestión de diseño la chicas también son eléctricas. Vienen con cable. Puedes conectarlas a cualquier otra cosa.

Thora Birch

Regreso de los suburbios. He ido con una cámara, como un turista, como tantas veces, a filmar la belleza, la monotonía, el horror. Me siento frente al televisor para ver lo que he filmado esta vez y de nuevo aparece ella, que nunca estuvo allí, que mira la pantalla con tristeza y pregunta: «¿Me extrañaste?». Entonces debiera venir la continuación, una segunda parte. Pero no.

Bart Simpson

Regreso al aula donde aprendí a escribir. Estoy castigado. La maestra me obliga a repetir en la pizarra estas dos palabras: Política, Supermercado. (Las voy alternando de manera aleatoria.)

Hemisferios

Resulta tentador especular sobre la posibilidad de que una parte importante de la simulación objetiva sea realizada por el hemisferio derecho del cerebro. Numerosas observaciones prueban que las funciones cognitivas, incluso complejas, no están inmediatamente ligadas a la palabra o algún otro medio de expresión simbólica. Se pueden citar los estudios realizados sobre diversos tipos de afasias. Las experiencias de los sujetos cuyos hemisferios cerebrales han sido quirúrgicamente separ

WORLD WASTE WRITING

En un hospital. Me conecto a internet, encuentro un website de áreas cerebrales, pincho donde dice áreas dañadas, entro al foro de daños en control de la visión y me hago amigo de cuatro pacientes.

§

a) Un paciente a quien las superficies le parecen mugrientas y de color semejante al pelo de las ratas: su apetito y su libido están como muertos.

§

b) Un paciente que percibe cómo cambian de posición los objetos pero es incapaz de ver cómo se mueven: un síndrome imposible de acuerdo a la lógica.

§

c) Un paciente que no reconoce los objetos que ve: cuando intenta limpiar las malas hierbas del jardín arranca las rosas, cree que dibuja un ave cuando en realidad dibuja un árbol.

¶

d) Un paciente que reconoce los rostros pero no las personas: en todos los individuos ve impostores que tienen un extraordinario parecido con los auténticos.

¶

Los cuatro me preguntan cuál es mi problema cerebral. Yo escribo en el cuadro de diálogo y envío la respuesta. Los síntomas. Ahora estoy esperando los comentarios que me enviarán de regreso.

William S. Burroughs

Casi peor que el síndrome de abstinencia es la depresión que lo acompaña. Una tarde cerré los ojos y vi mi cuerpo en ruinas. Ciempiés y escorpiones enormes se deslizaban por los vacíos bares, cafeterías y farmacias de mi sistema nervioso. Entre los pliegues de mi intestino crecía la hierba. No se veía a nadie.

El origen de la tragedia

Ella se ha convertido en caníbal. Se me arroja encima y empieza a comerme el hígado. Empieza a caer una música sensual. Yo sospecho que el hígado no me volverá a crecer. (Variante: el hígado se regenera continuamente, ella no terminará de comerlo, esto no se detendrá nunca y más tarde o más temprano nos olvidaremos de nosotros mismos.) Posado como una gárgola al acecho en la ventana, el buitre me mira como diciendo: «Pero ella tampoco podrá digerirlo y más tarde o más temprano te lo va a vomitar encima». Yo cierro los ojos, aliviado. Espero ese momento en que voy a tener de vuelta mi hígado de la manera más cómica posible.

Parque jurásico

Se reúnen, como buitres de *Vultureffect*, alrededor de un rinoceronte muerto y putrefacto que parece demasiado grande, con el cuerno demasiado grande dividido en dos, con la piel acorazada y bajo la coraza una carne que no sabe demasiado bien, puaf.

¶

Se comenta entre ellos que la carne puede estar *infectada* y que comerla puede significar algún tipo de *infección*. Hay que tener mucho cuidado (me dicen de pronto, como si yo tuviera algo que ver) con los parques temáticos y sus efectos especiales.

KING KONG

Construyo este brazo enorme, peludo y mecánico. Por dentro está lleno de cables. Yo controlo el sistema desde una cabina. Así es como logro atrapar a Naomi Watts. Ella al principio se resiste, no para de gritar obscenidades. Luego, al verme, dice que lo siente mucho pero que no le gustan los hombres. Entonces me da la espalda y se va con esos movimientos eficaces de tacones y caderas. Totalmente bípeda. Los misterios de la evolución.

LORRIE MOORE

Recuerdo que yo era muy joven y muy feliz cuando el aullido literario de los 90. Permanecía cómodamente al margen de cuanto estuviera ocurriendo en la tradición del short story. Me aficioné a un videojuego de estrategia llamado *Demasiadas lesbianas*: lesbianas en los arbustos, lesbianas en los tejados, etc. («Encuentre a las lesbianas».)

Do i know you?

Ella sobre la cama. Rubia, las uñas pintadas de negro, líneas largas. Me acuesto a su lado. Ella me abraza fuerte y se queda dormida. Siento sus latidos, sus partículas, el cálido movimiento de aire entre nosotros. Acompaso mi respiración a la suya, no sé bien por qué. Quizás es lo menos que pide un cuerpo femenino al ponerse a respirar tan cerca de mi vida. Quizás es un esfuerzo por concentrar o detener algo. (Ella, como KW con el pelo teñido de azul en aquella comedia perversa, me ha dicho: «No soy un concepto».) En cualquier caso, lo mejor ahora es dormir. Siempre se puede conciliar el sueño. El resto es oxígeno.

You know me

Soy espectador de un performance en unas gradas vacías. A mi lado, KD lleva puesta una camiseta de baloncesto que dice I'm Kirsten o I love you. (La camiseta puede decir lo que yo quiera.) KD me está contando cosas de Spiderman, cosas que probablemente no debería contarme. (Ella no sabe lo que puedo hacer con ellas.) Comemos caramelos: kirsten candys, depresivos. En medio del performance unos jugadores de baloncesto que son como dibujos animados de pronto empiezan a cantar. KD me pregunta si lo que están cantando es el himno nacional de mi país.

PLURAL

En un interrogatorio con pinzas. He llegado con la piel ensangrentada y cubierta de incrustaciones: casquillos de bala, esquirlas de vidrio, restos diversos. El hombre de las pinzas me extrae las incrustaciones mientras me pregunta de dónde he venido yo sin una sola idea verdaderamente profunda. Le digo de dónde venimos. Él me pregunta: «¿Y qué hacías tú allá, tan lejos?». Le digo que narrábamos. («Extraordinariamente narrábamos».)

Scrabble

Cuando me vi frente al tablero vacío, pensé: Tengo siete fichas rectangulares y en cada ficha, un símbolo y un número, pero los buitres tienen las letras.

¶

Cuando empezaron a complicarse las jugadas, pensé: Puedo combinar de mil formas diferentes todas las letras del alfabeto, pero los buitres tienen las palabras.

¶

Cuando ya había perdido toda la inocencia, a mitad de partida, pensé: Alguna palabra he logrado colocar, algunas son verdaderamente mías, pero los buitres tienen el lenguaje.

¶

Cuando casi todas las casillas estaban ocupadas y la puntuación era un abismo, pensé: Puedo decir hasta aquí he llegado, levantarme e irme, pero igual allá afuera los buitres tienen las grandes narraciones.

¶

(Y a mi alrededor, los buitres me miran como diciendo: Es tu turno, ¿qué esperas?)

Skyline

Escribir La Habana sin el color del verano. Una ciudad en la que estemos ausentes. Poner en ella algo de jerga personal, algo demasiado insoportable y pop, como si toda clase de ficciones extrañas estuvieran a punto de romper.

www.ingramcontent.com/pod-product-compliance
Lightning Source LLC
Chambersburg PA
CBHW022150020726
47496CB00008B/2640